Das Phantom der Oper

In Einfacher Sprache

Spaß am Lesen Verlag
www.spassamlesenverlag.de

Diese Ausgabe ist eine Bearbeitung des Buches
Das Phantom der Oper von Gaston Leroux.

Text Originalfassung: Gaston Leroux
Englische Fassung in Einfacher Sprache: Pauline Francis
Bearbeitung der niederländischen Übersetzung:
© Eenvoudig Communiceren
Deutsche Übersetzung: Bettina Stoll
Druck: Melita Press, Malta

ISBN 978-3-944668-81-9

Gaston Leroux

Das Phantom der Oper

In Einfacher Sprache

Schwierige Wörter oder Ausdrücke sind unterstrichen. Die Erklärungen stehen in der Wörter-Liste am Ende des Buches.

Inhalt

Personen-Liste

Christine
Sängerin an der Pariser Oper. Sie erhält Gesangs-Stunden von einer geheimnisvollen Stimme.

Erik
Das Phantom. Ein seit seiner Geburt entsetzlich hässlicher Mensch. Er zieht sich vor den Menschen zurück in den geheimen Keller vom Pariser Opernhaus. Erik hat eine wunderbare Stimme.
Er liebt Christine.

Raoul
Ein Freund von Christine aus der Kinderzeit.
Er sieht Christine an der Oper wieder und verliebt sich sehr in sie.

Raouls Bruder
steht Raoul oft mit gutem Rat zur Seite.

Carlotta
Sängerin an der Pariser Oper.
Sie singt normalerweise die Hauptrollen.

Daroga
Ein geheimnisvoller Fremder. Folgte Erik aus dem Iran. Er sollte Erik töten, beschützt ihn aber.

Direktor M. und Direktor R.
Die neuen Direktoren von der Pariser Oper.
Sie glauben nicht an das Phantom.

Frau Valerius
Bei ihr wohnt Christine.

Christine

Christine ist Sängerin.
Heute Abend singt sie zum ersten Mal
die Hauptrolle.
In der Oper von Paris, in der Hauptstadt
von Frankreich!
Christine hat eine wundervolle Stimme.
Damit verzaubert sie alle Besucher der Oper.

Eigentlich sollte Christine heute Abend
nicht singen.
Sie springt für Carlotta ein, eine andere Sängerin.
Sonst singt immer Carlotta die Hauptrolle.
Aber Carlotta ist plötzlich krank geworden.
Doch das findet niemand schlimm.
Denn Christine singt besser
als Carlotta jemals gesungen hat.

Nach dem Auftritt von Christine
ist das Publikum begeistert.
Alle Zuschauer sind aufgestanden und klatschen.
Christine ist gerührt.
Ihr kommen die Tränen vor Glück.
Sie hat heute Abend alles gegeben.

Doch dann wird Christine der Erfolg zu viel.
Sie kann nicht mehr.

Mitten auf der Bühne bricht sie zusammen.
Ohnmächtig liegt sie am Boden.
Bühnen-Arbeiter eilen herbei.
Und tragen sie von der Bühne.

Raoul

Raoul ist einer der Besucher an diesem Abend.
Sein Bruder ist ebenfalls mit
zur Vorstellung gekommen.
Beide klatschen laut und lange für Christine.

Mit offenem Mund hat Raoul Christine zugehört.
So eine wunderbare Stimme!
Und sie sah so wunderschön aus.
Raoul bekam eine Gänsehaut.

Christine und er kennen sich von früher.
Als sie beide noch Kinder waren.
Er erinnert sich an die Ferien am Meer.
In all den Jahren hat er Christine nie vergessen.

Es spukt …

Raoul steht von seinem Stuhl auf.
Er will zu Christine in die Garderobe.
Er macht sich Sorgen und möchte nach ihr sehen.

In den Gängen hört er Geflüster.
Die Ballett-Tänzer tuscheln miteinander.
Über einen Geist, der in der Oper spuken soll.
Das *Phantom der Oper*.
So wird der Geist genannt.

Noch niemand hat gesehen,
woher das Phantom kommt.
Es erscheint wie aus dem Nichts.
Das Phantom trägt stets
einen schönen, schwarzen Anzug.
Doch sein Gesicht scheint Furcht erregend zu sein.
Deshalb verbirgt der Geist sein Gesicht
immer hinter einer Maske.

Ein Bühnen-Arbeiter sagt gerade:
„Dieses Phantom …
Ich habe sein Gesicht gesehen!
Ein schrecklicher Anblick.
Wie ein Toter."
Der Mann schaut sich um,
ob jemand zuhört.

Dann fährt er fort.
„Die Augen liegen ganz tief in den Höhlen.
Wie zwei schwarze Löcher.
Das Phantom hat kaum Haare auf dem Kopf.
Und überhaupt keine Nase.
Es ekelt einen richtig."

Die Stimme

Raoul geht weiter den Gang entlang.
Bis er vor der Garderobe von Christine steht.
Raoul öffnet die Tür und betritt den Raum.
Überall hängen Spiegel.
Christine liegt auf einem Sofa.
Sie öffnet die Augen, als Raoul hereinkommt.
Erstaunt sieht sie ihn an.
„Wer sind Sie?“, flüstert sie.

Raoul küsst ihre Hand.
„Weißt du das nicht mehr?“, fragt er.
„Ich bin der Junge vom Strand.
Ich habe deinen Schal gerettet.
Der Wind …
Dein Schal lag plötzlich im Wasser.
Ich habe ihn dir wiedergeholt.
Christine, ich muss mit dir reden.“

Christine schüttelt den Kopf.
„Ich kann mich nicht erinnern.
Gehen Sie.
Lassen Sie mich allein.“

Raoul wartet draußen auf dem Gang.
Vielleicht geht es ihr bald besser.
Und vielleicht will sie ihn doch noch sehen.

Doch dann hört Raoul eine fremde Stimme
in Christines Zimmer.
Eine Männerstimme.
Raoul horcht an der Tür.

„Christine! Liebe mich!“, hört er den Mann rufen.
„Wie kannst du das noch verlangen?“,
antwortet Christine.
Ihre Stimme zittert.
„Ich singe nur für dich.
Ich gebe dir meine Seele.“

Raoul gefällt nicht, was er da hört.
Wer wohl der Mann ist,
der so mit Christine spricht?
Raoul beschließt zu warten.
Bis der Mann die Garderobe wieder verlässt.
Irgendwann muss er ja einmal gehen.
Raoul stellt sich in eine dunkle Ecke.

Endlich geht die Tür auf.
Aber nicht der Mann verlässt die Garderobe.
Es ist Christine.
Raoul wartet, bis sie weg ist.
Dann betritt er erneut die Garderobe.

Im Zimmer brennt kein Licht mehr.
Raoul zündet ein Streichholz an.

Aber er sieht noch immer niemanden.
Also ruft er: „Warum verstecken Sie sich?
Antworten Sie mir! Oder haben Sie Angst?“

Raoul wartet ganze zehn Minuten.
Doch es regt sich nichts.
Er verlässt die Garderobe.

An der Tür spürt er einen kalten Wind.
Doch woher kommt dieser Wind?
Seltsam, denkt Raoul.

Der Bühnen-Arbeiter

Raoul läuft durch die Gänge des Opernhauses.
Wie kann es sein, dass in Christines Garderobe
niemand war?
Er ist sich sicher, eine Männerstimme
gehört zu haben.
Aber wo ist dieser Mann?

Raoul verläuft sich in den vielen Gängen.
Und es gibt immer weniger Licht.
Er hat keine Ahnung, wo er sich gerade befindet.

Auf einmal sieht er ein paar Männer.
Sie tragen ein Bett.
Raoul geht auf die Männer zu.
In dem Bett liegt jemand.
Er kann nur nicht erkennen, wer es ist.
Der ganze Körper ist mit einem weißen Laken
bedeckt.

„Wer ist das?“, erkundigt sich Raoul.
Die Männer schauen traurig drein.
„Ein Bühnen-Arbeiter“, antwortet einer der Männer.
„Wir haben ihn bei dem Keller Nummer 3 gefunden.
Tot.“

Der Brief

Nach dem ersten Auftritt in der Hauptrolle
will Christine nicht mehr singen.
Vielleicht traut sie sich nicht mehr, denkt Raoul.
Vielleicht hat sie Angst?
Angst, dass sie nicht mehr so gut singt
wie beim ersten Mal?

Trotzdem geht Raoul weiterhin in die Oper.
Er hofft, dort Christine zu begegnen.
Doch er bekommt sie nie zu Gesicht.

Irgendwann beschließt er, ihr stattdessen
Briefe zu schreiben.
Doch Christine beantwortet seine Briefe nicht.
Dennoch gibt Raoul nicht auf
und schreibt weiter Briefe.
Er sehnt sich sehr danach, sie wiederzusehen.
Endlich bekommt er eine Antwort.

An Raoul

Ja, ich kenne dich noch von früher.
Du bist der Junge vom Strand.
Der Junge, der ins Wasser ging.
Um meinen Schal zu holen.
Morgen fahre ich nach Perros.

Dort ist mein Vater begraben.
Ich besuche sein Grab.

Christine

Warum schreibt sie das?
Will sie ihn sehen?
Will sie, dass er nach Perros kommt?

Perros

Am nächsten Tag nimmt Raoul
den Zug nach Perros.
Er will unbedingt zu Christine.
Die Reise von Paris nach Perros dauert lange.
Denn Perros liegt weit weg, am Meer.

Auf der Fahrt denkt Raoul immerzu an Christine.
Er ist schrecklich verliebt.
Will sie wirklich, dass er nach Perros kommt?
Vielleicht möchte sie sich doch mit ihm
gemeinsam an früher erinnern ...
In Perros sind sie sich zum ersten Mal begegnet.
Damals, als Kinder, in den Ferien.
Es waren wunderschöne Ferien.
Christine und er spielten jeden Tag
zusammen am Strand.

Raoul erinnert sich auch an Christines Vater.
Er spielte Geige.
Und Christine sang dazu.
Die Musik bezauberte Raoul.

Der Vater konnte auch gut Geschichten erzählen.
Eine Geschichte handelte von einem Engel.
Vom Engel der Musik.
Daran erinnert sich Raoul noch gut.

Christines Vater erzählte, dass man den Engel nicht sehen kann.
Nur hören.
Dass er nur für gute Musikanten singt.
Und dass der Engel eine wunderschöne Stimme hat.

Als der Vater das sagte, sah er seine Tochter an.
Er sagte:
„Wenn ich mal im Himmel bin, liebes Kind.
Dann schicke ich den Engel zu dir."

Traurig

Als Raoul in Perros ankommt, will er sofort
zu Christine.
Er geht zu dem Hotel, in dem sie übernachtet.
Sie sitzt unten, an der Bar.
„Du bist gekommen", sagt sie leise zur Begrüßung.
„Ich wusste es."

Raoul ergreift ihre Hand.
„Natürlich", erwidert er.
„Du sollst wissen, dass ich dich liebe.
Und das schon sehr lange.
Ich möchte dich heiraten."

Christine errötet.
„Mich?", fragt sie ungläubig.
„Du träumst, Raoul."
Dann lacht sie plötzlich laut auf.
Raoul klingt das Lachen spöttisch in den Ohren.
„Ach, es tut mir leid, das mit dem Brief", sagt sie.
„Ich habe das nicht ernst gemeint.
Ich dachte an früher.
Als wir Kinder waren.
Als wir zusammen am Strand spielten.
Ich fühlte mich damals glücklich.
Das wollte ich wieder sein.
So glücklich wie damals."

Raoul ist verletzt.
„Warum lachst du mich aus, Christine?“, fragt er.
Christine antwortet nicht.

Dann sagt Raoul:
„Es gibt einen anderen Mann.
Ich habe euch gehört, in deiner Garderobe.
Du singst für ihn.“

Über ihre Wangen rollen plötzlich Tränen.

Der Engel

Christine wischt sich die Tränen vom Gesicht.
„Raoul, hör mir zu", sagt sie schließlich.
„Der Engel der Musik war bei mir.
Mein Vater hat ihn zu mir geschickt.
So, wie er es uns früher erzählt hat."

„Niemand singt so wie du, Christine", meint Raoul.
„Du bist eine gute Musikantin.
Da sollte es niemanden wundern,
wenn du die Stimme des Engels hörst."

Christine fährt fort.
„Der Engel besucht mich manchmal.
In meiner Garderobe.
Ich kann ihn nicht sehen.
Aber ich höre ihn.
Du hast seine Stimme also auch gehört.
Du dachtest, dass es ein Mann ist.
Aber es war der Engel.
Er gibt mir Gesangs-Stunden."

Raoul lacht auf.
„Ist das ein Witz, Christine?
Willst du mich für dumm verkaufen?
Oder spielt dir da jemand einen Streich?
Engel gibt es doch überhaupt nicht."

Ohne etwas zu sagen steht Christine auf
und läuft weg.
Raoul folgt ihr heimlich.
Wohin zieht es sie denn so spät am Abend?
Es ist bereits fast Mitternacht.

Christine ist auf dem Weg zum Friedhof.
Am Grab des Vaters setzt sie sich hin.
Sie sitzt da und betet.
Um Mitternacht schlägt die Glocke zwölf Mal.
In diesem Moment schaut Christine empor.
Sie hört Musik.
Auch Raoul hört sie.
Es ist Geigenmusik, von Christines Vater.
Auf einmal steht Christine auf.
Und läuft wieder weg.

Raoul möchte ihr folgen.
Doch dann bewegt sich etwas.
Ganz in der Nähe der Kirchentür.
Ist dort noch jemand außer ihnen?
Raoul erschrickt, als er eine Gestalt erkennt.
Dort steht jemand mit einer Maske
vor dem Gesicht.

Zwei Augen beobachten Raoul.
Augen voller Hass.

Loge 5

Zwei neue Direktoren haben
die Leitung der Oper übernommen:
Direktor R. und Direktor M.
Sie machen alles anders.
Alte Regeln werden durch neue ersetzt.
Und sie lachen über die Geschichte
von dem Phantom.
Sie glauben nicht an Geister.
Doch dann erhalten die Direktoren
einen seltsamen Brief.

Sehr geehrte Direktoren,

Loge 5 gehört mir.
Dort sitze ich immer.
Möchten Sie in Frieden weiterleben?
Geben Sie mir dann meine Loge zurück.

Das Phantom der Oper

Die Direktoren wundern sich über
den komischen Brief.
„Was für ein Unfug“, meinen sie.
Doch an diesem Abend entsteht Unruhe
im Publikum.
Loge 5 scheint die Ursache zu sein.

Die Direktoren glauben, dass ihnen jemand einen Streich spielen will.

Sie wenden sich an Frau Giry.
Sie vergibt die Plätze an die Besucher.
„Was war denn los bei Loge 5?", fragt Direktor R.
„Loge 5 ist immer für das Phantom reserviert",
sagt sie.
„Das Phantom mietet den Platz schon seit Jahren.
Aber jetzt sitzt jemand anderes dort.
Und deshalb ist das Phantom wütend geworden."

„Ist das wahr?", fragt Direktor M.
„Das glaube ich nicht", meint Direktor R.
„Geister gibt es nicht."

Frau Giry lächelt.
„Der frühere Direktor glaubte auch nicht an Geister.
Er glaubte auch nicht an das Phantom.
Bis er von der Treppe fiel."
Sie steht auf.
„Loge 5 gehört dem Phantom.
Schon seit es dieses Opernhaus gibt."

Direktor M. schaut finster, als er sagt:
„Dieser Geist ...
Bekommt man den auch zu Gesicht?"
Frau Giry schüttelt den Kopf.

„Nein“, antwortet sie.
„Es ist immer dunkel,
wenn das Phantom hereinkommt.
Die Vorstellung hat dann schon angefangen.“

Die Direktoren wollen der Sache
auf den Grund gehen.
Sie stellen sich auf die Bühne
und schauen in den Saal.
Nur auf der Bühne brennt Licht.
Im Saal selbst ist es dunkel.
Ihr Blick wandert zu Loge 5.
Dort sitzt jemand!
Schnell gehen die beiden von der Bühne.
Doch als sie bei Loge 5 angelangt sind,
sehen sie niemanden.

„Jemand erlaubt sich einen Scherz mit uns“,
meint Direktor R.
„Wissen Sie was?
Am Samstag wird wieder eine Oper aufgeführt.
Dann halten wir Wache. Bei Loge 5.“

Krieg

Am nächsten Samstag bekommen
die Direktoren einen zweiten Brief.

Sehr geehrte Direktoren,

Sie wollen also Krieg mit mir.
Oder doch lieber Frieden?
Geben Sie mir Loge 5 zurück.
Und noch etwas.
Christine muss die Hauptrolle singen.
Sonst geschieht etwas Furchtbares.
Glauben Sie mir. Ich meine es ernst.

Das Phantom der Oper

Direktor R. schlägt mit der Faust auf den Tisch.
„Ich habe genug von diesem Phantom!
Es muss verschwinden.
Wir bringen es vor Gericht.
Und Frau Giry muss auch weg.
Sie redet immerzu von diesem Phantom.
Ich will nichts mehr davon hören. Nichts!
Wir müssen sie entlassen.“

Carlotta

Carlotta singt an diesem Abend
die Hauptrolle in der Oper.
Sie bereitet sich in ihrer Garderobe
auf den Auftritt vor.
Vor ihr liegen einige Briefe.
Einer der Briefe ist mit roter Tinte geschrieben.

Carlotta,

Sie sollten heute Abend nicht singen!
Das ist nicht gut für Sie.
Ihre Strafe wird sonst schrecklich sein.

Das Phantom der Oper

Carlotta schüttelt den Kopf.
„Ich singe die Hauptrolle", sagt sie.
„Auch wenn das meinen Tod bedeutet."
Doch am Abend bekommt sie einen zweiten Brief.

Überlegen Sie es sich gut, Carlotta.
Sie werden es bereuen, wenn Sie singen.

Carlotta nimmt die Drohung nicht ernst.
Sie singt die Hauptrolle.
Und Christine bekommt eine kleinere Rolle.

Das Publikum klatscht, als Carlotta
auf die Bühne tritt.
Als sie jedoch den Mund zum Singen öffnet ...
Da ist nur ein Quaken zu hören!
Carlotta klingt wie eine Kröte!

Die beiden Direktoren haben sich
bei Loge 5 aufgestellt.
„Sing!“, rufen sie Carlotta zu.
Carlotta versucht es noch einmal
und öffnet den Mund.
Doch wieder erklingt nur klägliches Quaken.
Plötzlich spüren die Direktoren
einen kalten Windzug.
Sie bekommen auf einmal Angst:
Gibt es den Geist womöglich doch?

Der Kronleuchter

In der Nähe von Loge 5 lacht jemand.
Die beiden Direktoren werfen sich einen Blick zu.
Wer lacht da? Das Phantom der Oper?

Sie schauen sich um – niemand ist zu sehen.
Dann hören sie eine leise Stimme:
„Carlotta kann gut quaken.
Sie quakt, bis der Kronleuchter herunterfällt."

Die Direktoren schauen nach oben an die Decke.
Dort hängt der Kronleuchter:
Ein großer, schwerer Leuchter mit
vielen kleinen Lichtern.
Auf einmal scheint sich der Kronleuchter
von der Decke zu lösen.
Die Direktoren schreien vor Schreck auf.
Doch da fällt der Kronleuchter schon herunter.
Mitten in das Publikum.

Der fallende Kronleuchter verletzt viele Besucher.
Einer von ihnen stirbt sogar.
Im Saal herrscht große Unruhe.
Alle sind entsetzt und verwirrt.
Dadurch merkt niemand, was an diesem Abend
noch passiert:
Christine verschwindet spurlos.

Frau Valerius

Raoul hat Christine schon eine Weile
nicht mehr gesehen.
Auch nicht in der Oper.
Er beschließt, zu den Direktoren der Oper zu gehen.
Er will sich nach Christine erkundigen.

Direktor M. erklärt ihm,
warum Christine nicht mehr spielt.
„Christine hat frei", sagt er nur.
„Wegen ihrer Gesundheit."

Raoul erschrickt. „Ist sie denn krank?"

Direktor R. schüttelt den Kopf.
„Das wissen wir nicht."

Raoul ist nicht viel schlauer geworden.
Er macht sich Sorgen um Christine.
Was ist bloß mit ihr los?
Warum wissen die Direktoren nicht,
ob sie krank ist?
Kurz entschlossen besucht er Christine zu Hause.
Sie wohnt bei Frau Valerius, einer älteren Dame.

Frau Valerius ist nett und freundlich zu Raoul.
„Bitte, kommen Sie doch herein", sagt sie.

„Vielen Dank“, antwortet Raoul.
„Ich suche Christine. Wissen Sie denn, wo sie ist?“
Die alte Frau lächelt ihn an.
„Sie ist beim Engel der Musik.“

Frau Valerius kocht Tee.
Als sie die Tassen auf den Tisch stellt, sagt sie:
„Christine liebt Sie, Raoul.
Aber Christine will Sie nicht heiraten.
Denn dann ist der Engel auf und davon.“

Raoul versteht nichts von dem, was die Frau sagt.
„Christine braucht die Stimme“, sagt die Frau.
„Die Stimme des Engels.
Ohne sie kann Christine nicht singen.“

Sie erzählt weiter.
Dass Christine den Engel
schon seit drei Monaten kennt.
Und dass er oft in ihre Garderobe kommt.
Um Christine Gesangs-Stunden zu geben.
„Der Engel ... So eine wunderbare Stimme“,
fügt Frau Valerius hinzu.

Der Park

Raoul ist wütend, und gleichzeitig traurig.
Er glaubt, dass Christine einen anderen Mann liebt.
Und dass dieser Mann „ihr Engel“ ist.
Er muss diese Geschichte jemandem erzählen.
Deswegen besucht Raoul seinen Bruder.

Raoul erzählt seinem Bruder alles.
Danach nickt der Bruder und sagt:
„Ich habe Christine gesehen. Im Park.“
Der Bruder seufzt. „Mit einem Mann.“

Raoul muss sich selbst davon überzeugen.
Er muss Christine sehen und mit ihr reden.
Deshalb geht er in den Park,
von dem der Bruder erzählte.
Raoul wartet dort auf Christine.
Den ganzen Abend.
Irgendwann fährt eine Kutsche mit Pferden vor.
Eine Frau lehnt sich aus dem Fenster der Kutsche.
Im Mondschein erkennt Raoul das Gesicht der Frau.
Es ist Christine.

„Christine!“, ruft Raoul.
Sofort wird das Fenster der Kutsche geschlossen.
Die Kutsche verschwindet im Dunkel der Nacht.
Raoul rennt hinter der Kutsche her.

Er ruft Christine beim Namen.
Doch die Kutsche hält nicht an.

Raoul gibt auf und schaut der Kutsche hinterher.
Es ist, als wäre sein Herz zu Eis geworden.
Christine, die vor ihm flieht ...

Die Einladung

Einige Tage später erhält Raoul einen Brief.
Ohne Briefmarke.
Dafür aber in einem schmutzigen Umschlag.

An Raoul

Komm morgen Abend in die Oper.
Es gibt einen Maskenball.
Trage einen Umhang mit einer weißen Kapuze.
Und natürlich eine Maske.

Christine

Raoul ist jetzt noch verwirrter.
Soll er sich über die Einladung freuen?
Oder besser nicht?

Vor Kurzem im Park ...
Da floh Christine noch vor ihm.
So schnell wie möglich.
Und jetzt lädt sie ihn zum Ball ein.
Was hat sie nur?
Spielt sie ein Spiel mit ihm?
Oder will sie ihn wirklich sehen?
Ist Christine doch nicht so glücklich mit dem Engel?

Der Ball

Auf dem Ball trägt Raoul einen Umhang
mit weißer Kapuze.
Er hat sich auch eine Maske aufgesetzt.
Genau so, wie Christine es in der Einladung
geschrieben hat.

Inzwischen ist es fast Mitternacht.
Noch keine Spur von Christine.
Wo steckt sie nur?
Raoul betrachtet die verkleideten Gäste.
Hat er Christine etwa nicht erkannt?
Da kommt jemand auf Raoul zu.
Er kann nicht erkennen, wer es ist.

„Bist du das, Christine?“, fragt Raoul.
Die Person geht an Raoul vorbei.
Und legt einen Finger an den Mund.
Zum Zeichen, dass Raoul nichts sagen soll.
Raoul folgt der Person.
Kreuz und quer durch die Gänge vom Opernhaus.

Kurze Zeit darauf steht Raoul auf der Bühne.
Der Saal ist leer.
Vor ihm steht Christine.
„Wo ist denn nun dein Engel der Musik?“,
fragt Raoul.

Christine wirft ihm einen wütenden Blick zu.
„Ich kann dir nicht vertrauen.
Deshalb sollst du mein Geheimnis nicht erfahren.
Geh, Raoul. Ich will dich nicht mehr sehen."

Christine dreht sich um und will weggehen.
Doch sie dreht sich noch einmal um.

„Und folge mir nicht, hörst du?"

Raoul bleibt ratlos zurück.
War das alles, was Christine ihm sagen wollte?

Erik

Raoul folgt Christine tatsächlich nicht.
Er wartet, bis der Ball vorbei ist.
Danach geht er zu Christines Garderobe.
Sie ist nicht da.

Doch kurz darauf hört Raoul Schritte im Gang.
Da kommt jemand!
Rasch versteckt sich Raoul in der Garderobe.

Die Tür geht auf.
Christine kommt herein.
Sie wirft die Maske auf den Tisch.
Raoul hat sich hinter einem Vorhang versteckt.
Er erschrickt, als er Christines Gesicht sieht.
Wie blass sie ist!

Christine setzt sich und fängt an zu schreiben.
„Armer Erik", flüstert sie.
Auf einmal hält sie inne.
Sie neigt den Kopf zur Seite und lauscht.

Dann erklingt eine Männerstimme.
Wunderschöner Gesang füllt den Raum.
Doch eines ist seltsam:
Die Stimme scheint aus der Wand zu kommen!
Christine steht auf.

„Ich bin hier, Erik“, sagt sie.
„Ich bin hier.
Aber du kommst spät.“

Raoul lässt den Blick durch
das ganze Zimmer wandern.
Außer Christine ist niemand da.
Dennoch scheint Christine jemanden zu sehen.

Die Männerstimme fängt wieder an zu singen.
Jetzt erst erkennt Raoul die Stimme.
Er hat sie schon früher in Christines
Garderobe gehört.

„Ich glaube an dich“, singt die Stimme.
„Wir sind für immer zusammen.“

Christine geht hinüber zum Spiegel.
Dort streckt sie den Arm aus.

Raoul hält den Atem an.
Was macht sie da?
Es sieht fast so aus, als würde sie
durch den Spiegel hindurch wollen.

Raoul stürzt aus seinem Versteck.
Doch dann spürt er, wie ein kalter Windzug
über sein Gesicht streicht.

Ein kalter, starker Wind, der Raoul umbläst.
Als er wieder zu sich kommt, ist Christine weg.
Die Garderobe ist leer.

Nur ganz in der Ferne hört Raoul noch
die Männerstimme singen.

Geheimnis

Am nächsten Tag geht Raoul erneut
zu Christines Wohnung.
Er ist fest entschlossen, alles herauszufinden.
Er muss der Sache nun auf den Grund gehen.

Er ist überrascht,
als Christine ihm öffnet.
Sie lässt ihn sogar herein.

„Du hast ein Geheimnis, Christine“, sagt Raoul.
„Ein gefährliches Geheimnis.
Warum erzählst du es mir nicht?
Ich will dich beschützen.“

Christine wird wieder wütend.
„Es ist nichts. Nichts!
Also brauche ich dir auch nichts zu erzählen“,
antwortet sie barsch.

Raoul glaubt ihr nicht.
„Jemand hat dich verhext, Christine“, sagt er.
„Du bist in Gefahr.
Den Engel der Musik gibt es nicht.
Das weißt du genauso gut wie ich.
Diese Stimme – wer singt denn da?
Und wer ist dieser Erik?“

Christine wird bleich.
„Vergiss die Stimme, Raoul“, sagt sie.
„Vergiss den Namen.
Vergiss das Geheimnis.
Kümmere dich nicht darum.
Versuche nicht, es aufzudecken.
Das musst du mir versprechen.“

Raoul kann nicht anders.
Denn er tut alles, was Christine von ihm verlangt.
Er verspricht es ihr.
Dann verlässt er Christines Wohnung.

Über Paris

In den darauffolgenden Wochen
singt Christine wieder.
Sie übernimmt die Hauptrolle in der Oper.
Und sie erntet viel Erfolg.

Raoul besucht alle Vorstellungen.
Er genießt es, Christine so oft zu sehen.
Trotzdem macht er sich noch immer Sorgen.
Denn manchmal verschwindet Christine spurlos.
Sie ist dann ein oder zwei Tage weg.
Und wenn sie wiederkommt,
sieht sie schlecht aus.
Sie ist blass im Gesicht.
Und sie hat gerötete Augen.

„Du darfst diesen Erik nicht mehr sehen“,
meint Raoul.
„Das tut dir nicht gut.“

„Ssst!“, zischt Christine.
„Vielleicht hört er dich.“
Dann fügt sie hinzu: „Komm mit.“
Raoul folgt ihr.

Raoul und Christine gehen hinauf
auf das Dach der Oper.

Dort stehen sie eine Weile nebeneinander.
Sie schauen hinunter auf die Stadt.
Paris sieht von hier oben wunderschön aus.
Es ist Frühling.
Und die Sonne scheint.
Christine und Raoul sind glücklich.
Sie vertrauen einander wieder.

Doch hinter Raoul und Christine
ragt ein Schatten empor.

Keiner von beiden bemerkt ihn.

Ein Traum?

„Erik ist wie ein Teufel“, meint Christine.
„Ich muss zu ihm.
Er lockt er mich mit seiner Stimme zu sich.
Und dann weint er.
Er sagt, dass er mich liebt.“

„Lass uns weggehen, Christine“, meint Raoul.
„Heute noch!“

Christine schüttelt den Kopf.
„Nein, das geht nicht“, sagt sie.
„Ich muss noch ein Mal für ihn singen.
Danach gehen wir weg von hier.
Ich liebe dich, Raoul.“
Christine zittert.

Raoul ist gerührt und schöpft Hoffnung.
Er möchte jetzt die ganze Geschichte erfahren.

„Wie hat das denn alles angefangen?
Wo hast du ihn zum ersten Mal gesehen?“

„Ich war in meiner Garderobe“, erzählt Christine.
„Auf einmal hörte ich diese Stimme.
Ein singender Mann.
Er lockte mich zu sich.

Ich ging zum Spiegel.
Von dort schien die Stimme zu kommen.
Das Zimmer war plötzlich irgendwie größer.
Und auf einmal war ich woanders.
An einem seltsamen, dunklen Ort."

„Das hast du sicher geträumt", meint Raoul.

„Ich wünschte, es wäre so", antwortet Christine.
„Ich spürte eine kalte Hand.
Sie umklammerte mein Handgelenk.
Dann sah ich einen Mann in einem langen Mantel.
Er trug eine Maske.
Ich wollte schreien.
Aber ich brachte keinen Laut heraus.
Er hatte die andere Hand auf meinen Mund gelegt.
Ich konnte den Tod riechen.
Mir wurde schwindlig, und dann ..."

Eriks Gesicht

Christine wirft einen Blick nach unten.
Auf die Stadt unter ihnen.
Dann erzählt sie weiter.
„Er nahm mich mit in den Keller.
Da war ein See, tief unter der Erde.
Und dort wartete ein Boot auf uns.
Wir stiegen ein.
Er setzte sich ans Ruder.
Ich wollte seine Maske herunterziehen.
Aber er sagte, dass ich sein Gesicht nicht sehen darf.
Sonst würden schreckliche Dinge passieren."

„Christine, wir müssen weg von hier.
Und zwar jetzt", meint Raoul.
„Ich werde mit ihm reden.
Und dann gehen wir zusammen weg.
Wir sollten nicht bis morgen warten.
Das spüre ich."

Raoul schaut Christine in die Augen.
„Hasst du ihn?", fragt Raoul.

Christine schüttelt den Kopf.
„Wie kann ich ihn hassen? Er liebt mich.
Er singt für mich.
Das ist die reine Liebe.

Deshalb wollte ich auch sein Gesicht sehen.
Verstehst du, Raoul?“

Christine ergreift Raouls Hand.
„Ich habe ihm die Maske vom Gesicht genommen.
Er fing an zu schreien.
Aus dem Schrei hörte ich Trauer heraus.
Und Schmerz und Wut.
Das werde ich nie vergessen.
Bis an mein Lebensende.“

„Aber was hast du denn gesehen?“, fragt Raoul.

Christine schluckt.
„Er sah aus wie ein Toter.
Seine Haut war grau.
Und die Augen waren fast nicht zu sehen.
Wie zwei schwarze Löcher sahen sie aus.
Er sieht nicht aus wie ein Mensch.
Aber er ist einer.
Ich weiß jetzt, dass er kein Engel ist.
Und auch kein Geist.
Er ist einfach ein Mann.
Ein sehr hässlicher Mann.
Und er heißt ...“

„Christine!“, ruft Raoul.
„Sag mir: Wo ist er jetzt?“

„Oh, Raoul“, fährt Christine fort.
„Er zog mich an den Haaren.
Dann ergriff er meine Hände.
Und drückte sie sich aufs Gesicht.
Seine Haut fühlte sich an wie ... wie totes Fleisch.
Und dann sagte er etwas Furchtbares:
Er sagte: ‚Du hast mich gesehen.
Jetzt lass ich dich nie mehr gehen.‘
Das sagte er, Raoul!
Aber trotzdem hat er mich gehen lassen.
Weil ich ihm versprochen habe, zurückzukommen.
Es gefällt ihm gar nicht, wenn wir uns treffen.
Erik ist sehr eifersüchtig.
Manchmal schlägt er mich sogar.“

Raoul begreift Christine nicht.
„Du sagst, dass du mich liebst.
Aber du gehst immer wieder zu ihm!
Liebst du ihn mehr als mich?“

Daraufhin erwidert Christine:
„Ich liebe Erik nicht. Nein.
Aber ich will ihm helfen.“

Dann fügt sie flüsternd hinzu:
„Armer Erik. Ich spüre seine Trauer.
Und seine Schmerzen.
Aber ich habe Angst vor ihm.

Hör zu, Raoul.
Ich gehe noch ein letztes Mal zu Erik.
Danach gehen wir weg von hier.
Für immer."

Auf einmal weht ein starker Wind.
Ein Sturm zieht auf.
Raoul und Christine gehen wieder hinein.
Zwei tote Augen starren ihnen nach.

Die Augen

Raoul ist zu Hause.
Er ist müde und will schlafen.
Doch er sorgt sich sehr um Christine.
An nichts anderes kann er denken.
Wie kann er Christine nur helfen?

Raoul legt sich schlafen.
Plötzlich spürt er, dass er nicht alleine ist.
Obwohl er sonst nie Angst hat, zittert er jetzt.
Ist Erik vielleicht jetzt hier im Zimmer?
Raoul schaltet rasch das Licht ein.
Niemand.
Aber er will ganz sicher sein.
Das ganze Schlafzimmer durchsucht er.
Auch unter dem Bett sieht er nach.
Dann schaltet er das Licht wieder aus.

Doch kurz darauf erscheint eine Gestalt
draußen am Fenster.
Raoul greift zu seiner Pistole.
Und zielt auf die Stirn, über den Augen.
Dann schießt er.

Kurz darauf betritt Raouls Bruder
das Schlafzimmer.
Raoul hört ihn nicht.

Er hängt mit dem Oberkörper aus dem Fenster.
„Blut“, sagt er zu sich selbst.
„Ein Geist, der blutet.?
Also kein Geist.
Das ist nicht so gefährlich.“

Auf einmal steht der Bruder neben ihm
auf dem Balkon.
„Bist du verrückt geworden, Raoul?“,
fragt der Bruder.
„Du hast eine Katze erschossen.“

Raoul lächelt.
„Es war eine Katze?“, meint Raoul nur.
„Oder doch Erik? Bei ihm weiß man es nie.“
„Wer ist denn Erik?“, fragt sein Bruder.

„Mein Feind“, erwidert Raoul.
„Und ich hoffe, dass er tot ist.
Ich werde Christine von diesem Erik befreien.
Das schwöre ich.“

Christine singt

Am nächsten Tag muss Christine
wieder auftreten.
Raoul besucht die Vorstellung in der Oper.

Die Oper endet mit einem Liebeslied.
Christine singt wunderbar.
Und am Ende sieht sie Raoul
von der Bühne aus an:
„Ich will bei dir sein", singt sie.

Auf einmal wird alles dunkel.
Im Saal, auf der Bühne, überall.
Das Publikum wird unruhig.
Die Menschen flüstern erst,
dann rufen sie laut durcheinander.
Schließlich stehen sie auf und laufen umher.
Doch nach ein paar Minuten geht
das Licht wieder an.
Alles scheint wieder in Ordnung zu sein.
Das Publikum beruhigt sich wieder.

Doch wo ist Christine?

Raoul ist außer sich vor Angst.
Er rennt durch das Opernhaus.
Auf der Suche nach seiner geliebten Christine.

„Christine!“, ruft er laut. „Wo bist du?“
Raoul rennt durch die dunklen Gänge.

Auch in ihrer Garderobe ist sie nicht.
Raoul fällt auf einen Stuhl und fängt an zu weinen.
Er versucht, durch den Spiegel zu gehen.
Wie er das bei Christine gesehen hat.
Aber es gelingt ihm nicht.

Daroga

Auf einmal geht die Tür auf.
Ein dunkler Mann kommt auf Raoul zu.

„Wer sind Sie?“, fragt Raoul.
„Ich heiße Daroga“, antwortet der Mann.
„Ich werde Ihnen helfen.
Ich werde Sie zu Christine bringen.
Und zu Erik.“

Daroga zeigt auf die Wand.
„Aber vielleicht ist Erik bereits hier.
Hinter der Wand.
Oder unter dem Fußboden.
Oder über der Decke.
Er kann überall sein.
Erik ist gefährlich.
Sind Sie bereit, für Christine zu kämpfen?“

Raoul nickt.
„Ich tue alles für Christine“, sagt er.
„Ich liebe sie.
Aber ... warum helfen Sie mir?
Hassen Sie Erik?“

„Nein“, erwidert Daroga.
„Sonst hätte ich schon früher eingegriffen.“

Daroga stellt sich vor den Spiegel.
Er drückt gegen das Glas.

„Es ist kein Zauberspiel", erklärt Daroga.
„Der Spiegel lässt sich öffnen.
Aber nur dann, wenn Erik das will.
Mich lässt er immer durch.
Er weiß nur nicht, dass ich Sie mitnehmen werde."

Plötzlich dreht sich der Spiegel.
Raoul und Daroga befinden sich
in einem der Gänge des Opernhauses.
Ohne Licht. Es ist stockdunkel.
Doch Daroga hat eine Lampe bei sich.

„Wir gehen jetzt dahin, wo Erik wohnt",
flüstert Daroga.
„Dabei darf uns aber niemand beobachten.
Wir nehmen den Weg durch den Keller.
Durch den Keller, in dem
der Bühnen-Arbeiter starb."

Der Rattenfänger

Daroga und Raoul kriechen durch eine Luke
in den Keller.
Als sie unten sind, sieht Raoul plötzlich ein Gesicht.
Er erschrickt.
Vor ihm taucht eine Gestalt auf.
Raoul schaut in ein weißes Gesicht.
Zum Kopf scheint kein Körper zu gehören.

„Den habe ich noch nie gesehen“, flüstert Daroga.
„Das ist nicht Erik. Aber vielleicht ist es ein Trick.
Wir müssen gut aufpassen!“

Daroga eilt Raoul voraus durch den Gang.
Dann hören sie ein Geräusch,
das in den Ohren schmerzt.
So als würde jemand mit den Nägeln
über eine Schultafel kratzen.

Raoul schaut nach links und rechts.
Da entdeckt er das Gesicht wieder. Ganz nah.
Diese riesigen Augen!

Daroga bleibt plötzlich stehen.
Raoul prallt fast mit ihm zusammen.
Sie drücken sich an die Wand.
Raoul hält den Atem an.

Dann spürt er, wie etwas über seine Haut krabbelt.
Ratten! Das war also das Geräusch!
„Nicht bewegen!“, ruft das Gesicht ihnen zu.
„Keine Angst. Ihr seid hier sicher.
Ich bin der Rattenfänger.“

Danach entfernt sich die Gestalt wieder.
Und die Ratten folgen.
Es sind an die Hundert.
Erleichtert atmet Raoul auf.

Erik und der Schah

Daroga und Raoul irren noch immer
durch die Gänge.
Anfangs sehen sie kaum etwas.
Doch die Augen gewöhnen sich langsam
an das Dunkel.

Von Daroga erfährt Raoul mehr über Erik.
„Erik ist hier in Frankreich geboren.
Schon als Kind war er hässlich.
Sogar seine Mutter hatte Angst vor ihm."

Daroga nickt Raoul kurz zu.
Raoul läuft ein Schauer über den Rücken.
Wenn schon die Mutter Angst
vor dem eigenen Kind hat …
Erik muss wirklich abscheulich aussehen,
denkt Raoul.

„Deshalb lief Erik weg von zu Hause",
fährt Daroga fort.
„Er fing an, auf dem Jahrmarkt zu arbeiten.
Dort lernte er zu zaubern.
Und man brachte ihm das Singen bei.
Er entpuppte sich als guter Sänger.
Er wurde berühmt.
Auf der ganzen Welt.

Auch im Iran hörte man von ihm.
Der König dort heißt Schah.
Können Sie mir noch folgen?“

Raoul nickt, wundert sich aber.
Warum erzählt ihm Daroga das alles?

Daroga redet weiter.
„Der Schah hatte von Erik gehört.
Er lud ihn zu sich ein.
Der Schah fand Erik klug.
Und bat ihn, im Iran zu bleiben.
Erik arbeitete für den Schah.
Ganz verschiedene Aufgaben hatte er.
Irgendwann baute Erik sogar einen Palast
für den Schah.
Einen ganz besonderen Palast.
Es gab dort geheime Zimmer.
Und geheime Türen.
So konnte der Schah alles hören und sehen,
was im Palast vorging.
Ohne dass ihn jemand dabei sah.“

Raoul will nichts mehr hören.
Er möchte jetzt nur noch Christine finden.
Doch ohne Daroga ist er verloren.
Also beschließt er, still zu sein
und Daroga weiter zuzuhören.

„Niemand durfte so einen Palast haben“,
fährt Daroga fort.
„Nur der Schah selbst.
Deshalb sollte Erik sterben.
Denn er wusste, wie man so einen Palast baut.
Wenn ein anderer nun auch
so einen Palast wollte ...
Der Schah musste das unbedingt verhindern.“

Daroga tippt sich mit dem Finger auf die Brust.
„Der Schah befahl mir, Erik zu töten.
Aber ich konnte das nicht.
Ich sorgte dafür, dass Erik verschwand.
Dass er nach Frankreich zurückkehrte, nach Paris.
Später kam ich nach.
Seitdem lebe ich hier in Paris.

Erik baute auch in Frankreich Häuser.
Normale Häuser. Für normale Menschen.
Doch glücklich war er nicht.
Die Leute fanden ihn komisch. Und hässlich.“
Raoul nickt nachdenklich.

Das Opernhaus

Daroga erzählt weiter:
„Dann bekam Erik den Auftrag,
die Pariser Oper zu bauen.
In diesem Gebäude befinden wir uns jetzt.
Erik dachte sich etwas aus.
Damit niemand ihn mehr sehen konnte.
Er baute unter der Oper ein geheimes Haus.
Dort konnte ihn niemand finden.
Und so musste auch Erik nie mehr jemanden sehen.
Niemand konnte ihn jemals noch hässlich finden.
Armer Erik.
Er wohnt jetzt schon seit Jahren unter der Oper."

Daroga schüttelt den Kopf.
„Ich habe immer Angst.
Erik ist so furchtbar unglücklich.
So unglücklich, dass er andere auch
unglücklich machen will.
Manchmal geschieht ein Unglück in der Oper.
Dann denke ich: Dahinter steckt Erik.
Wie an dem Abend mit dem Kronleuchter.
Deshalb passe ich immer auf, was er tut.
Ich weiß, dass er Christine liebt.
Aber Christine liebt ihn nicht.
Dennoch kommt sie immer wieder zu ihm zurück.
Obwohl auch sie Angst vor ihm hat.

Sie kehrt wegen seiner Stimme zu ihm zurück.
Er hat eine besondere, wunderbare Stimme.
Er gibt ihr Gesangs-Stunden.
Dann vergisst sie, wie hässlich sein Gesicht ist."

Raoul stört sehr, dass Christine freiwillig
zu Erik geht.

Daroga schaut ihn an und sagt dann:
„Der Einzige, den Christine wirklich liebt, sind Sie.
Das habe ich in ihren Augen gesehen.
Es ist die Stimme.
Eriks Stimme lockt sie immer wieder weg.
Deshalb müssen wir Christine retten.
Wir sind da, Raoul."

Daroga zeigt ins Dunkle.
Raoul erkennt eine Tür.
Zu einem weiteren Keller.

Die Folter-Kammer

Raoul und Daroga betreten den Keller.
Sie müssen über den Boden kriechen.
Am Ende der Kammer drückt Daroga
gegen eine Steinwand.
Ein Stein bewegt sich.

„Schauen Sie, Raoul.
Hier hinter dem Stein befindet sich ein Tunnel."
Daroga zwängt sich durch die Wand.
„Passen Sie auf", flüstert er.
„Der Tunnel ist tief."

Der Tunnel führt zu einem weiteren Raum.
Ein wirklich seltsamer Raum.
Die Wände sind ganz mit Spiegeln bedeckt.
Und in der Ecke steht eine Art Baum. Aus Eisen.
Der Baum spiegelt sich in all den Spiegeln.
Raoul und Dagoda haben das Gefühl,
in einem Wald zu sein.
Auf dem Boden liegt ein Seil.
„Das ist die Folterkammer", flüstert Daroga.
„In diesem Zimmer foltert und quält Erik
seine Feinde."

Auf einmal hört Raoul Eriks Stimme.
Sie klingt durch die Wand aus dem Raum nebenan.

„Du musst dich entscheiden, Christine!
Willst du Hochzeits-Musik?
Oder Trauer-Musik?"

Christine murmelt etwas,
was Raoul nicht versteht.
In Raoul steigt Wut auf.

Dann hört er Erik flüstern.
„Ich will ein normales Leben führen.
Mit dir. Über der Erde.
Ich mache dich glücklich, Christine!
Hab keine Angst.
Ich bin nicht gemein zu dir.
Liebe mich. Dann bin ich lieb zu dir."

Christine antwortet nicht.
Raoul hört jemanden weinen.
Es ist Erik.

Erik schlägt mit der Faust an die Wand.
Er scheint verzweifelt zu sein.
Raoul und Daroga hören, wie Erik weggeht.

„Christine!", ruft Raoul.
„Wir sind in der Folterkammer!
Lass uns herein.
Wir wollen dich retten!"

Christine schreit vor Schreck laut auf.
Dann sagt sie: „Das geht nicht.
Er hat mich festgebunden.
Erik ist verrückt geworden.
Ich muss ihn heiraten.
Wenn ich nicht ja sage ...
Dann wird er alle in der Oper töten.
Bis heute Abend um elf Uhr habe ich Zeit.
Bis dahin muss ich mich entscheiden."

Es herrscht kurz Stille.
Dann fährt Christine fort:
„Hier ist Eriks Tasche.
Da ist ein Schlüssel ...
Vielleicht ist das der Schlüssel zur Folterkammer.
Oh! Ich höre ihn. Still jetzt!"

Frei?

Daroga sagt zu Christine durch die Wand:
„Erik liebt dich, Christine.
Lächle ihn an.
Sag ihm, dass dir die Fesseln weh tun."

Der Boden ächzt.
Dann hören sie Christines Stimme.
Sie schreit: „Du tust mir weh, Erik.
Binde mich bitte los!"

Kurz darauf hören sie Eriks Stimme.
„Ich binde dich los, Christine", sagt er.
„Du bist frei.
Aber vergiss nicht:
Wenn du dich gegen mich entscheidest ...
Dann werden wir alle sterben."

Erik singt für Christine.
Seine Stimme erfüllt den ganzen Raum.
Doch plötzlich ist es still.

„Was machst du mit meiner Tasche, Christine?",
fragt Erik.
„Erik, ich bin eine Frau", sagt sie.
„Ich bin neugierig.
Gibt es nebenan noch ein Zimmer?"

Erik wird wütend.
Raoul und Daroga hören ihn zornig reden.
Dann schreit Christine laut auf.
Was ist da los?

Raoul hält es nicht mehr aus.
Er schreit auch, aus Verzweiflung.
Danach herrscht erneut Stille.

Dann fragt Erik: „Hast du das gehört, Christine?"
„Ich höre nichts", antwortet sie.

„Du lügst!", ruft Erik böse.
„Da ist jemand nebenan.
Dieser Raoul vielleicht?
Was meinst du, Christine?"
Erik lacht laut auf.

Raoul hört Christine wieder schreien.
Dann fragt Christine erstaunt:
„Was machst du, Erik?
Die Wände sind heiß!
Hör auf damit!"

Hitze

Raoul schwitzt.
In dem Raum ist es inzwischen sehr warm.
Und es wird immer heißer.

„Ich kenne seine Tricks“, sagt Daroga zu Raoul.
„Wir müssen ruhig bleiben.
Und eine Tür finden.“
Daroga befühlt die Wände mit den Spiegeln.
Er tastet sie vorsichtig ab.
Doch Raoul hält es kaum mehr aus.
Die Hitze macht ihn wahnsinnig.
Und er hat furchtbaren Durst.

„Keine Angst“, beruhigt ihn Daroga.
„Es ist nur Erik.“
Die Hitze wird unerträglich.
Raoul fühlt sich elend.
Er glaubt, dass er stirbt.
Dieser Durst, diese Hitze!
Bewegungslos liegt er am Boden.
Doch dann sieht er etwas.
„Schau, Daroga!“, sagt er.
„Wasser. Und ... ich höre auch Regen!“

Daroga schüttelt traurig den Kopf.
„Das ist sein übelster Trick.

Er lässt etwas laut tropfen.
Damit es sich anhört wie Regen.
So macht er einen wahnsinnig.
Bis man nur noch sterben möchte.
Und sich hier mit dem Seil am Baum aufhängt.
Genau wie der Bühnen-Arbeiter."

Stunden scheinen zu vergehen.
Bis Daroga endlich eine Luke im Fußboden findet.
Rasch klettern sie durch die Luke nach unten.

Sie landen in einem kühlen Raum.
Ein weiterer Keller.
Dort stehen einige Kisten auf dem Boden.
Daroga öffnet eine der Kisten.
„Die Kisten sind voller Sprengstoff!",
ruft Daroga aus.
„Damit kann Erik die Oper in die Luft sprengen.
Alle, die sich im Gebäude befinden,
werden dann sterben."

Skorpion oder Heuschrecke?

Raoul ruft nach Christine.
Daroga fragt: „Wie spät ist es?
Um elf Uhr will Erik eine Entscheidung
von Christine. Erinnerst du dich?
Ich fürchte, wir haben keine Zeit mehr."

Endlich antwortet Christine auf ihr Rufen.
„Raoul! Du lebst noch!
Es ist fünf Minuten vor elf Uhr.
Erik trägt keine Maske mehr.
Er ist verrückt geworden.
Er hat mir einen Schlüssel gegeben.
Für zwei Kisten.
In der einen befindet sich ein Skorpion.
Das bedeutet ‚ja'.
Wenn ich diese Kiste wähle,
muss ich ihn heiraten.
Und in der anderen Kiste ist eine Heuschrecke.
Das bedeutet ‚nein'.
Aber wenn ich diese Kiste wähle ...
Dann sprengt Erik die ganze Oper in die Luft."

„Christine", ruft Daroga.
„Was machst du jetzt?"
Sie antwortet: „Ich stehe beim Skorpion."
„Fass ihn nicht an!", warnt Daroga sie.

Raoul und Daroga hören Schritte.
Direkt über sich.

„Erik!“, ruft Daroga. „Du kennst mich doch?“
Erik antwortet: „Du lebst also noch, mein Freund.
Halt den Mund. Sonst bist du ein toter Mann.“

Dann wendet sich Erik an Christine:
„Hör zu, Christine.
Die Heuschrecke bedeutet den Tod.
Entscheide dich für den Skorpion.
Dann werde ich den Sprengstoff
mit Wasser übergießen.
Das verspreche ich dir.
Du hast noch zwei Minuten.“

Stille.
Raoul fühlt sich elend und hilflos.
Wenn er doch nur etwas unternehmen könnte!
Dann hört er Christines Stimme.
„Erik, ich habe mich für den Skorpion entschieden.“

Wasser

Fast sofort hören Raoul und Daroga
Wasser strömen.
Sie schauen nach unten.
Wasser strömt in den Keller.
Die Kisten mit dem Sprengstoff stehen schnell
unter Wasser.
Raoul lässt sich auf die Knie fallen.
Und trinkt.
Daroga kniet neben ihn.
Sie trinken und trinken.

In der Zwischenzeit füllt sich der Keller
schnell mit Wasser.
Schon nach kurzer Zeit stehen die beiden
bis zum Bauch im Wasser.
„Erik, stell das Wasser ab, bitte!“,
ruft Daroga nach oben.
Doch Erik antwortet nicht.
Das Wasser steigt und steigt.

„Erik, ich habe dir das Leben gerettet!“,
schreit Daroga.
Daroga und Raoul schwimmen nun im Wasser.
Doch ein paar Minuten später können sie
schon nicht mehr atmen:
Das Wasser hat die Decke des Kellers erreicht.

Wieder zu Hause

Als Daroga die Augen öffnet,
liegt er nicht mehr im Wasser.
Er befindet sich auch nicht mehr im Keller.
Er liegt in seinem eigenen Bett,
in seinem eigenen Haus.
Aber wie ist er bloß hierhergekommen?

Nur daran kann Daroga sich erinnern:
Er und Raoul waren im Keller unter der Oper.
Erik hat den Keller unter Wasser gesetzt.
Daroga glaubte, er würde ertrinken.
Doch Erik muss im letzten Moment
eingegriffen haben.
Hat er Darogas Hilferuf dann also doch gehört?

Daroga steht auf und zieht sich etwas über.
Dann geht er hinüber in das Wohnzimmer.
Auf einmal fällt ihm Raoul ein.
Wo ist Raoul?
Was hat Erik mit ihm gemacht?
Hat er auch ihn gerettet?
Lebt Raoul überhaupt noch?

Besuch

Jemand klopft an die Tür.
Daroga macht schnell die Tür auf.
Vielleicht ist es ja Raoul.
Doch vor ihm steht ein anderer Mann.
Daroga kann nicht erkennen, wer es ist.
Der Mann hat sich eine schwarze Kapuze
tief ins Gesicht gezogen.

„Darf ich hereinkommen?“, fragt der Mann.
Daroga nickt und lässt den Mann herein.

Daroga geht dem Mann voran ins Wohnzimmer.
Dann sieht Daroga, dass es Erik ist.
Die beiden schauen sich an.
Erik sagt:
„Ich bin gekommen, um dir etwas zu sagen.
Ich werde bald sterben.
Meine Liebe zu Christine ist zu groß.
Mein Herz ist gebrochen.
Ich kann einfach nicht mehr.“

„Lebt Christine noch?“, fragt Daroga.
„Sie lebt“, seufzt Erik.
„Und sie hat dir das Leben gerettet.
Sie hat mich angefleht,
dass ich das Wasser abdrehe.“

„Und Raoul? Was ist mit ihm?“,
fragt Daroga weiter.

„Der ist bei mir“, antwortet Erik.
„Im Keller. Niemand findet ihn dort.
Aber ich will nicht über Raoul reden.
Ich möchte dir etwas erklären.
Warum ich Christine heiraten wollte.“

Daroga nickt.
Daraufhin fährt Erik fort.
„Christine ist etwas ganz Besonderes für mich.
Sie ist die erste Frau, die mich geküsst hat.
Nicht einmal meine Mutter hat mich je geküsst.
Meine Mutter hat mich nicht geliebt.
Weil sie mich hässlich fand.
Doch Christine war mein hässliches Gesicht egal.
Stattdessen hörte sie mir zu.
Wie ich sang.
Sie fand, dass ich eine wunderbare Stimme habe.
Daroga, zum ersten Mal in meinem Leben
war ich glücklich!
Das habe ich Christine zu verdanken.
Verstehst du, warum ich sie
nicht gehen lassen konnte?“

Erik nimmt sich einen Stuhl und setzt sich.
Er atmet schwer.

„Ich ersticke fast.
Ich muss meine Kapuze absetzen.
Bitte schau nicht hin!“

Daroga schaut weg, zum Fenster.
Er hat Mitleid mit Erik.
Wie schrecklich es sein muss, so hässlich zu sein.

Das Ende

„Ich weiß, dass Christine mich nicht liebt",
meint Erik traurig.
„Sie liebt Raoul.
Deshalb werde ich Raoul freilassen.
Ich werde ihn zu Christine bringen."

Erik hält einen Moment inne.
Dann atmet er schwer durch.
Und sagt schließlich:
„Christine weiß, dass ich sterben werde.
Sie hat mir versprochen, mich zu begraben.
Wenn ich tot bin,
können Raoul und Christine heiraten."

Erik fängt an zu weinen.
„Würdest du etwas für mich tun?",
fragt er Daroga.
„In drei Wochen werde ich tot sein.
Bitte lass die Zeitung wissen,
dass ich gestorben bin.
Ich will, dass die Leute
von meinem Tod erfahren."

Daroga nickt.
Danach steht Erik auf und verlässt die Wohnung.
Er geht zurück zum Opernhaus.

Tatsächlich stirbt Erik drei Wochen später.
Daroga tut, was er Erik versprochen hat.
In der Zeitung steht eine kleine Nachricht:
„Das Phantom der Oper ist tot."

Gaston Leroux

Das Buch *Das Phantom der Oper* stammt
ursprünglich von Gaston Leroux.
Er war ein französischer Schriftsteller.
Leroux schrieb das Buch im Jahr 1910.
Es trug damals den französischen Titel
Le Fantôme de l'Opéra.
Das Buch wurde mehrmals verfilmt.
Auch als Musical ist die Geschichte sehr berühmt.
Es wird überall auf der Welt aufgeführt.
In vielen verschiedenen Sprachen.

Gaston Leroux wurde 1868 in Paris geboren.
Seine Familie war sehr reich.
Als Gaston 21 Jahre alt wurde,
erbte er ein großes Vermögen.
Gaston Leroux hat in kurzer Zeit
sein ganzes Geld ausgegeben.
Nach nur einem Jahr war nichts davon übrig.
Er hatte keine Wahl und suchte sich eine Arbeit.

Gaston Leroux wurde Journalist
und arbeitete für französische Zeitungen.
Nach einigen Jahren fing er auch an,
Bücher zu schreiben.
Er schrieb Krimis und geheimnisvolle
Erzählungen.

Insgesamt hat er 13 Bücher geschrieben.
Das Phantom der Oper ist das einzige Buch,
das so berühmt wurde.

Die Geschichte ist eine der bekanntesten
Geister-Geschichten überhaupt.

Wörter-Liste

Seite 9: Oper
Ein Schauspiel, bei dem der Text gesungen wird. Bei einer Oper gibt es in der Regel das Orchester, die Sängerinnen und Sänger der Hauptrollen und einen Chor. Auch das Opernhaus, also das Gebäude, in dem die Opern aufgeführt werden, nennt man kurz Oper.

Seite 9: alles geben
sich außerordentlich anstrengen

Seite 9: ohnmächtig
Ohne Bewusstsein. Wer ohnmächtig wird, dem wird meist zuerst schwindelig, dann wird ihm schwarz vor den Augen, dann verliert er das Bewusstsein und fällt um.

Seite 9: Bühnen-Arbeiter
Arbeiter beim Theater oder bei der Oper.
Bühnen-Arbeiter sind für die Technik und die Ausstattung von der Bühne zuständig.
Es sind Handwerker, die zum Beispiel die Möbel für die Bühne bauen.

Seite 12: Garderobe
Raum im Theater hinter der Bühne. Dort ziehen sich

die Schauspieler um. Dort bewahren sie auch die Kostüme auf.

Seite 12: Phantom
unheimliche Erscheinung, Geist, etwas Rätselhaftes

Seite 13: ekeln
etwas abstoßend oder unappetitlich finden

Seite 26: Loge
Kleine geschlossene Kammer im Zuschauer-Raum von einem Theater oder einer Oper.
Eine Loge hat meistens Platz für zwei oder vier Menschen. Die können dort ungestört von anderen die Vorstellung sehen.

Seite 27: Streich
Jemandem einen Streich spielen heißt, ihn zu veralbern, ihn hereinzulegen.

Seite 27: reserviert
Man kann Plätze im Theater vor der Vorstellung reservieren. Das heißt, man meldet an, dass man kommen möchte. Dann werden die Plätze freigehalten.

Seite 32: Kronleuchter
riesige Lampe aus vielen kleinen Glasteilen

Seite 37: Maskenball
Ein Fest, zu dem alle Besucher verkleidet kommen. Zu früheren Zeiten gab es solche Maskenbälle auch außerhalb von Fasching oder Karneval.

Seite 62: Iran
Land im Nahen Osten, in Asien

Seite 66: Folter-Kammer
Ein Raum, in dem es extra Vorrichtungen gibt, um jemanden zu quälen.

Seite 73: Skorpion
Krabbeltier mit einem langen, beweglichen Schwanz. An der Spitze vom Schwanz sitzt ein giftiger Stachel. Manche Skorpione sind sehr giftig und gefährlich. Bei anderen Skorpionen ist die Wirkung von dem Gift nicht heftiger als bei einem Bienenstich.